거기 두고 온 말들

권혁소 시집

거기 두고 온 말들

달아실시선
80

달아실

보조 용언과 합성 명사의 띄어쓰기 등 본문의 맞춤법은 시인의 의도에 따른 것임.

시인의 말

박정희 유신 독재 시절에 초·중·고를 다녔다. 전두환 군부 독재 시절에 대학을 다녔다. 1984년에 시인이라는 별호를 얻었고 1985년에 교육노동자로 탄광촌 태백에 첫 발령을 받았다. 돌아보니 인간사를 새옹지마塞翁之馬라 부르는 게 어쩜 이리도 적확한지 모르겠다. 지나온 40여 년, 시인과 교육노동자를 겸업하며 살았다.

이제 둘 중 하나를 낱마지는 시섬에 있나.
처음 선생이 되었을 때 교사라는 직업 선호도는 이발사 바로 앞이었던 걸로 기억한다. 한때 꽤 높은 순위에 머물렀지만 지금은…. 교무실에 두고 떠나는 젊은 동료들의 미래가 안타깝고 불안하고 걱정스러운데, 그것을 현재의 선호도 정도로 보면 되지 싶다.

1989년 전국교직원노동조합 창립에 함께하면서 내 시는 달라졌다(고 한다). 시가 달라졌다는 것은 삶이 달라졌다는 얘기일 것이다. 그로부터 약 20년, 정신없이 살았다. 거리에서 자는 날도 많았다. 2년씩 세 번이나 노동조합 전임을 했다. 아들딸의 사춘기도 모르는 체할 수밖에 없었다. 사생활을 염탐하는 담당 형사가 있었으며 경찰서와 법원도 제법 들락거렸다. 조직이 내주긴 했지만 벌금도 적잖이 냈다. 명예퇴직이라는 걸 하고 싶었지만 각종 현행

법 위반으로 기소된 상태라 그도 할 수 없었다. 삶이 어디 계획대로만 되던가.

반복적인 휴·복직을 끝내고 다시 학교로 돌아왔다.
선생하러 온 마을에 눌러앉기로 작정, 금강산에서 흘러와 한강에 이르는 인북천 가에 누옥 한 채 지었다. 마을엔 스무 가구 정도가 어깨를 맞대고 사는데 아이들 없는 걸 빼면 유년을 살았던 봉평 면온의 골말과 아주 닮은 마을, 첫눈에 반했다. 동네 사람들이 '어떻게 왔나' 물으면 '죽으러 왔다' 답했다.

내 시가 또 달라졌다(고 한다). 시가 달라졌다는 것은 삶이 달라졌다는 얘기일 것이다. 사람과 제도와 통치 권력과 싸우던 눈빛이 조금 부드러워진 것일까, 사람 대신 풍경에 시선을 두는 날이 많아진 덕일 것이다. 죄 되지 않을 만큼의 땅에 씨를 뿌렸다. 뿌리기는 하는데 거두는 일은 영 서툴렀다. 그래도 즐거운 일이었다. 잃었던 원시성을 찾은 기분이었다. 꿈에도 그리던 내 땅, 어머니 살아생전 그렇게도 간절하셨던 땅이 준 기쁨이었다. 배추 심어 김장도 하고 고추 심어 장도 담았다.

이 시집은 정녕 마지막 시집이 될지도 모르겠다. 어쩌다 시가 찾아오면 맞이하기야 하겠지만 책으로 묶는 일은 이제 그만하려고 한다. 그래서 이 시집은 권혁소라는 이름 앞에 놓였던 시인이라는 별호, 교육노동자로 살아온 40여 년에게 주는, 내가 내게 주는 훈장인 셈이다.

마흔 번의 입학식과 서른아홉 번의 졸업식을
거쳐 간 모든 아이들에게
무수히 많았을 오류에 대한
마지막 용서를 구한다.
거기 두고 온 못다 한 말들
이제 다시 시작하려고 한다, 비로소
정치적 자유를 얻었으므로.

시절들이여, 부디 안녕.

2024년 마지막 학교의 여름에
권혁소 씀

2부

3부

4부

1부

그 봄

그 후
세상의 모든 봄은 다만
그 봄과 아닌 봄일 뿐이어서
봄도 바다도 더 이상
그때의 빛깔이 아니다

용기가 필요 없는 일

오늘 하루도
사랑으로 꽉꽉
채웠다

죽음 쪽에 한 발
가까워진 것이다

남다른
용기가 필요한 일은
아니다

새벽 생각

그대가
승진에 목매는 걸 보면서
시도 버리겠구나 생각했다

인기 앞에서
좌불안석하는 그댈 보면서
급기야 소설이 망가지겠구나 생각했다

자리에 연연하는 걸 보면서
그대의 운동은
끝
났
구
나
직감했다

슬픈 새벽이었다

산양, 사랑을 보다

반딧불이를 보러 북천에 갔다가
헤드라이트에 놀라 우왕좌왕하는
한 생명을 보았다
운전을 멈추고 지켜보는데

꼬리 있으니 고라니는 아니겠고
뿔도 달고 하얀 궁녕이 아니니 노루도 이닐 터

창졸간에 멧돼지 방지 철망을 뛰어넘어
깎아지른 암벽을 타는 너는
오색케이블카 폭력에 맞서는 산양,
산양이 분명하구나

오 산양, 감탄하는 입술들
오 사랑, 그 모양 그대로 닮았다

장마가 끝나가던 어떤 여름밤이었다

그 꽃

보면 볼수록 가슴 차올라
오래오래 이름을
묻고 싶지 않은 꽃이 있다

꽃말이 궁금하고
일생의 안부가 궁금하고 어쩌다
내 뜰까지 찾아와 피었는지
솜털의 내력까지 궁금하지만
모르는 채 한 시절 그냥 곁에 두고 싶은
그런 꽃이 있다 이를테면

낮게 엎드려 피는 꽃
작지만 제일 먼저 피는 꽃
저만치 혼자 피는 꽃
바위 밑에 웅크려 피는 꽃
깊은 밤의 안부를 묻는 꽃
머뭇대는 수많은 꽃망울들에게
용기를 주는 꽃

봄은 아직 멀었지만
그 꽃
다시 피었다

그러는 사이

가뭄 심한 날
맑고 시린 금강산 수돗물 틀어
잔디밭에 물을 주다가

흙탕물 길어 식수로 쓰는
아프리카 아이들 나오는
후원 요청 광고를 떠올렸는데

볼 때마다 저릿저릿
가슴은 눌려왔지만
아직 후원회원으로 가입도 하지 않았으면서
물주기를 멈추지 않는다, 나는

잔디는 푸르러질 것이고
한 시간 물값으로 오백 원 정도 추가된
자동이체 통지서는 오겠지

그러는 사이,
다짐만 하는 사이

아이들은 또 죽어갈 것이고 나는
잔디밭을 뒹구는 반달이를 보며
너 주인 잘 만나 팔자를 고친 거야,
흐뭇해하겠지

그러는 사이,
미뭇대는 사이에
절망이 온다는 것을 잘 알면서

거짓말의 힘

산은 거짓말하는 법이 없다는데

얼마나 더 올라야 하나요
남은 거리를 묻는 말에
거의 다 왔다 말하는
하산길의 등산객은
우리말을 참 어렵게 한다

이게 거의 다의 거리라니
올라 보니 아니다

하긴 나도 앞서 걸으며
다 왔어 다 왔어
동지들에게
거짓말을 하긴 했다

산은 거짓말하는 법이 없다는데
산에서 나누는 위로는 거의 다 거짓말이다
거짓말의 힘으로 이만큼 살았다

에이뿔

에이뿔 투뿔,
소들이 죽어 남기는
이승의 마지막 이름이다

에이뿔을 살까 투뿔을 살까
들었다 놓았다 망설이는 나는
인간이라는 짐승

노란 귀패찰 떼어내고
등짝에 붉은 도장 찍는 것도
인간이다, 인간만이 가장
잔인한 살육을 한다

저승에 가서
이승의 성적표 받는다면 나는
에이뿔일까 투뿔일까

풀만 먹는 딸에게 전화라도 해야겠다

어떤 부끄러움

버스 타고 서울 가는 길
색 벗겨진 일수가방 같은 걸
사선으로 맨 초로의 사내가
옆자리에 앉는다

행색은 남루하고 손가락 마디마디
굵은 옹이가 맺힌 그 사내
현장 노가다 끝내고 돌아가는 것 같았다

버스가 터미널을 벗어나자
낡고 해진 무언가를 꺼내
덮었다 열었다 웅얼웅얼 입속말을 반복하는데
가만 엿들어 보니 바다, 남루, 귀향
시를 외우는 모양이다

명색이 시인인 나
시를 외우려고 노력한 적 없어
부끄러웠다

그런 적 또 있다
속초 이모네 식당에서 줄 서서 생선찜을 먹고
영랑해변에서 담배 한 대 피울 때
농사일 끝내고 관광차 나섰을까
50년 만의 초등학교 동창회일까
한 무리 촌부들 억센 사투리 쏟아내며 와자지껄한데
깡마른 사내 하나가 맑고 높은 휘파람으로
도니제티의 오페라 사랑의 묘약에서
가난한 청년 네모리노가
아디나의 사랑을 얻기 위해 부르던
그 아리아*를 바다에 보내는데
갑자기 그 눈빛 형형해 보이던 기억

명색이 성악 전공인데
내 좋아하는 바다를 위해
노래 한 곡 바친 적 없어
부끄러웠다 시선으로만 판단하는 내가
많이 부끄러웠다

* Una Furtiva Lagrima. 남몰래 흐르는 눈물.

서러운 풍경

종이박스를 줍는

비닐테이프 떼어
기울어진 수레에 정교하게 쌓는

노인의
뭉툭하고 느린 손동작
오래
바라보았다

어떤 미래 같은

모두 내 책임

직설법을 좋아하는 나라
섬뜩한 고속도로 경고문을 본다

달리다 죽는 건 오직 운전자 책임일 뿐이다

5분 먼저 가려다 50년 먼저 간다는
복고풍 경고는 차라리 귀엽다

경고문을 읽다가 앞 차를 받았다
모두 내 책임이다

은유가 사라진 도로 위로
사체들이 달려간다

어떤 고향 사랑

서울에 가려고
원통 버스 터미널에서 서성이다
건물 외벽에 청테이프로 붙여놓은
중요지명피의자 종합수배공개 포스터를
옛일 떠올리며 꼼꼼하게 읽는다
버스는 미시령 허리쯤 미끄러지고 있겠지

맨 위 칸에는
강도살인, 살인, 살인미수 등 죄목을 적었고
그 밑엔 등록지, 주소, 특징 등을 적었는데

경상도 사람은 경상도 말투를
전라도 사람은 전라도 말투를
충청도 사람은 충청도 말투를
서울이나 경기도 사람은 표준 말투를 사용한다,
그렇게 적혀 있다

그렇겠지, 죄는 지었지만 어찌
고향의 말버릇까지 잊겠나

평창 진부 논 가운데 집에서 태어나
봉평 면온에서 신작로 유년을 살았으면서도
고향 말 마카 잊어삐렜으니
그런 점에서는
중요지명피의자만도 못한 셈이다

마시오와 하시오

들어가지 마시오
만지지 마시오
이 선을 넘지 마시오

꽃들이 아파요
눈으로 보세요
돌아서 가세요

시뻘건
과태료 십만 원 금연구역 표지판
사방천지 살벌한데
여기서 피우세요, 흡연구역 안내 표지판은
한 번도 본 적 없는
하느님 얼굴을 닮았다

서울엔
하느님이 거의 없지만

마스크

마스크를 쓰면서부터 비로소
그대 눈, 망울을 자세히 보게 되었다
이마에도 집중했다

입술과 인중 주변을 살피던 습관 탓에
처음엔 똑바로 쳐다보기 민망하기도 했지만 이젠
얼굴 전체가 아니어도 알아볼 만큼 되었다

하지만 그대 발그레 촉촉한,
사랑이라고 발음할 때
과하지 않게 열리던 그 입술
지금, 너무, 간절하다

국수
— 이상국 시인께

하루 한 끼 국수를 주는 곳이라면
감옥 빼곤 다 갈 수 있는데 독자들은
국수, 하면 이상국 시인만 떠올린다

나도 60년 가까이 국수를 먹었다

시인의 국수처럼 팔리지 않아 그렇지
국수에 대한 추억 몇몇 시로 쓴 적도 있으니
이제라도 독자들이 좀 알아줬으면 좋겠다

국숫발처럼 비는 내리고
불현듯 국수를 먹고 싶은데
공연히 이런 생각이 나서
국숫집 대신 시를 쓰다가
이상국 시인께 전화를 넣었다

정작 국수 얘긴 꺼내지도 못하고
국수와 콩 정부가 무슨 상관일까만
이러다 나라가 망할 것 같다, 는 얘기만 했다

김만배 누나가
이상국 시인의 안 팔리는 옛집도 좀
사줬으면 좋겠다

명의 처방전
— 김종원 선생에게

나라는 사람은 예방 차원에서는 좀체 병원엘 가지 않는데 지천명의 어느 날, 술 좀 마셨다 싶던, 발가락 골절상인 줄 알고 찾아가 깁스를 해 달랬더니, 통풍이란다. 비로소 지병 하나를 갖게 된 것인데, 받아 온 약 먹고 통증이 가라앉으면 언제 그랬냐는 듯 다시 술벗과 노닐다가, 검사 결과 보러 오라는 말도 당장은 아프지 않으니 무시하기 일쑤였는데

그러나 지병은 어디 먼 데로 가는 녀석도 아니고 결심이라는 것도 그리 오래 지조를 지키는 것이 아니어서 참다 참다 더는 버티기 어려워서야, 검사 앞에 불려 가는 집시법 위반 혐의자처럼, 절룩이며 찾아가는 것인데, 그렇게 찾아간 어느 해 이른 봄날 불쑥

'싸인 받으려고 시집 주문했는데 아직 안 오네요' 한다. 그 한마디에 감읍하여 '아내가 선생님 아들을 담임했던 것 같다 그러데요', 그만 고백을 하고 만 것인데, 그렇게 사생활을 조금 트자 병원 드나드는 마음이 얼마간은 가벼워져서 우리 애들이 낳은 달걀도 한 줄 건네고 먹 갈아

글씨도 한 자 썼더니 근사한 틀에 담아 엉덩이 까는 주사실 입구에 붙여놓기까지

보름치 약을 먹고 십 년 만에 처음으로, 아프지도 않은데, 제 날짜에 검사를 받으러 갔더니 '겁을 좀 먹으셨나, 천하의 권 시인이 제 발로 오신 걸 보니, 시 한 편 나오겠네요' 해서 '실은 좀 쫄았다'고 비표준어로 답을 하며, 병원 진료실이 이렇게 화기애애해도 되는지 모르겠다는 생각도 하는데, 그도 간호사 선생도 웃고 있었다. 보름 전 '콩팥이 위험하다'는 경고를 할 때의 그 얼굴이 아닌 것만으로도 큰 위로가 되어 환자인 나도 따라 웃었는데

채혈실 까맣고 동그란 의자에 앉아 한 종지 피를 뽑히고, 긴장 풀고 담배 한 대 빼물고 병원을 나서는데, 자꾸 시문詩文이 따라오는 것이다. 처방전대로 자꾸 시가 써지는 것이다. 그 참 야릇한 일이었다.

바이든을 날리면
— 신新 공 우화

가까운 옛날 한 나라에는
공이라 불리는 주정뱅이 백정이 있었는데
사람을 잡을 때면 다리를 벌리고
고개를 좌우로 도리도리 흔들곤 했는데
어쩌다, 출세가 존재의 전부인, 쥴리를 만나
자식은 없이 개자식을 길렀다

무당보다 천공보다 용하다는 얘기를 듣던 쥴리는
삼신할매 도움으로 공을 권좌에 앉히게 되는데
공의 무식은 그때부터 도드라지기 시작했다
궁도 옮기고 침소도 옮겼지만 모두 허사였다

권좌에 앉은 지 백여 일을 넘기던 때,
날리면 대통령이 주최한 뉴욕의 다자 회의장을 떠나면서
48초간 만난 날리면을 뒤통수에 두고 대신에게
이렇게 씨부렁거렸겠다

　국회에서 이 새끼들이 승인 안 해주면 날리면은 쪽팔려
서 어떡하냐

말도 안 되는 비속어 막말을 해서 문제가 되자
바이든은 단명할 성명운이라 날리면으로 부르라는
삼신할매의 예지를 따른 것이니
이 또한 혈맹에 대한 깍듯한 예우라면서
날리면이 아니라 바이든이라 했다고 한사코 우기는 것
인데

공의 말을 제대로 알아듣지 못했다며 백성들 귀를 자
르기 시작한 건 그때부터였는데 귀가 없어진 백성들이 그
후 공의 어떤 말도 알아듣지 못하게 되자 공도 스스로 귀
를 자르고, 말을 해도 알아먹는 백성이 없으니 입은 있어
뭘 하겠냐며 꿰맸다고 하는데, 이런 기사를 쓴 언론이 없
어 사실인지는 확인할 수 없다

무뚝뚝한 사나이
— 죽형 조태일 시인을 추모하며

가거도로 가려다
뱃머리를 돌립니다
어디로 가는지 알 수는 없지만
이 배가 닿을 곳은
모르는 어떤 섬일 테지요

마포에도 섬이 하나 있었습니다 그 섬에는
무뚝뚝한 고구려 사나이 하나
파이프 담배를 물고 그물을 깁고는 했는데
국토의 모래 한 알도 빠져나갈 수 없는
촘촘한 그물엔 참 아까운 숫자나 단어들이
걸려 있곤 했습니다 가령
유신, 복간, 시인, 쉰아홉, 스물 같은 것 말입니다

시절을 배신하는 동지들 하나 둘 늘어갈 때도
무뚝뚝한 사나이 그대는 언제나처럼
아침 선박의 뱃머리에서
해무로 가득한 난바다를 헤엄치며
감옥으로 난 길을 알면서 앞서기도 했는데

오늘, 이름을 모르는 어떤 섬에 이렇게 당도하여
우리들의 정념 하나를 반듯이 새겨 봅니다
종아리를 치는 회초리, 여전합니다

무뚝뚝한 사나이여,
어디로 가야 반 독재 참 민주주의에 닿을 수 있을까요
어떻게 노 저어야 참 통일 참 평화의 섬에 들 수 있을까요

더 무뚝뚝해진 당신의 스무 몇 해,
그 이전 쉰아홉 해가 더욱 그리운 시절입니다

신돌석

1878년 생, 1908년 졸
태백산의 나는 호랑이 평민 의병장 신돌석

온몸으로 동해를 품은 월송정에 올라
우국시를 읊었던 것을 알 턱이 없는 나는
그저 관광으로나 걸음을 멈추었던 것인데
구한말 파르티잔 신돌석은
영해의병 중군장中軍將으로 의병 100여 명을 이끌고
왜구와 항쟁하였으니 대장의 나이 열아홉이었다

황후는 시해당하고 단발령은 내려졌으니
대장은 고종의 아관파천을 어떻게 바라봤을까

스물아홉 신 대장은 영릉의병장寧陵義兵將 기호를 내걸고
다시 일어서는데 영해 · 울진 · 원주 · 삼척 · 강릉 · 양양 · 간성
경상도와 강원도 일대가 그의 산악 격전지였다

신출귀몰 기습전을 펼치는 대장의 잰걸음 앞에
왜구는 왜구다워서 그의 아내를 볼모로 삼았으니

살아 돌아온 목숨을 향해 호통치던 대장의
울울한 목소리는 어디에 다시 메아리쳐야 할까

1908년 11월 18일 새벽은 잔인하고도 슬픈 날,
현상금을 노린 김상렬 형제의 도끼날에
태백산 파르티잔의 꽃은 졌으니 그 눌곡訥谷 마을엔
어떤 꽃이 피어 현재를 한탄하고 있을끼

대장을 기억하되 대장의 기개를 도살한
배신자 형제도 기억해야 하는 까닭은
이것이 움직일 수 없는 역사이자
여전히 현재진행형이기 때문인데

'반민특위가 국론을 분열시켰다'는 망언을
살아 있는 대장이 들었다면 그 새빨간 입을 향해
무어라 했을까

아 우리의 의병대장, 태백산 호랑이 신돌석 장군이여

선 긋기

퇴직을 앞두고
마음으로 그리는 미술학원에 등록했다

선 긋기 첫 수업, 선생님은
스치듯이 그리라는데
자꾸자꾸 힘만 들어가
어깨가 뻐근하다 그렇다고
곧은 선을 그리는 것도 아니면서

그렇게 살았다

2부

개망초

아파트에 살 때 너는
애잔한 꽃이었다
잉크 덜 마른 연애편지였으며
헤어진 사랑이었으며
아스라한 추억이었으며
잊을 수 없는 꿈이었다

그러나 아니다 지금은

사람은 다 그렇다
욕심의 다른 이름이 마음이란 걸
산골에 와서야 깨닫는다

깨가 쏟아진다는 말

나 같은 월급쟁이가 산골에 집을 짓고
자급농이니 자족농이니 하며
갖은 푸성귀를 심어 먹는 일은
대대로 농사꾼인 이웃들에게는
밉상스런 일임에 분명할 것이다 게다가
부지깽이도 거든다는 바쁜 농사철에 눈치도 없이
덩치 큰 개에 이끌려 마을을 어슬렁거리는 일은
땅을 입에 물고 사는 노인들에겐
더더욱 이쁜 모양이 아닐 것이다

그렇다고 풀을 키울 수만도 없어서
콩은 튀고 깨는 쏟아진다는
말을 비닐멍석에 앉히고
베어 뉘였던 들깨를 걷어 타작을 해 보는데
이 모두 도리깨질을 당하고서야 얻는 소득이라는
전혀 새로운 깨달음이 촤르르 촤르르 쏟아지는 것이다

얼마나 더 매를 맞아야 할까

끝내 풀이 이긴다

산골에 잘 살기 위해서는 먼저
풀에게 지는 법을 배워야 하는데
이기는 법만 배워온 나는 오늘도
제초제를 들었다 놨다 안절부절이다

좋은 식재료는
크기가 들쭉날쭉하고 더러 구부러지거나
벌레가 먼저 한 잎 깨물기도 한 것인데
너나 할 것 없이
아파트처럼 생긴 채소를 좋은 것이라 우기니
우리 마을 유기 농사꾼 우현 아빠는
그런 사람들 싸잡아 헛똑똑이라 부른다

끝내 풀을 이기는 마을 본 적 없고
앞으로도 그럴 것인데

초록별을 응원하기 위해
빈 차를 타고 먼저 출발한
녹색평론 김종철* 선생은

알콩달콩, 풀들과 열애 중이시겠지
끝내는 풀이 이긴다 열강 중이시겠지

* 1947~2020. 6. 25. 생태평론가. 『녹색평론』 편집인.

윤병열

우리 마을엔
토착 원주민, 이주 원주민, 그냥 이주민
대략 이렇게 세 부류의 사람들이 사는데
그나 나나 자본의 부랑아로 떠돌다가
사망 선고를 받은 건 아니지만
38 이북 월학리에 막연히
보따리를 풀었으니 그냥 이주민이다
후속 이주민이 열 가구쯤 늘어난다면 우리도
이주 원주민 계급으로 올라서기는 하겠지만
떠나는 이웃은 있어도 들어오는 나그네는 없으니
십 년째 그냥 이주민일 뿐이고 얼마나 더
미묘한 이주민 신세로 살게 될지는 알 수 없는 일이다

어제는 화목보일러 교체 작업을 했다
오른손 엄지손가락 한 마디가 없는 그는
원래 농기계 수리가 전문인데 기꺼이
하루 휴가를 내고 제 일처럼 달려와서는
뭉툭한 손가락으로 매끈하게, 따뜻한 물길을 내주었다
고맙고 미안해서 봉투를 내밀었지만 단호히 거절당했고

노동조합도 없는 농기계수리공장에 쪼그려 앉아
망치질을 해 온 그가 목장갑 뒷등으로 땀을 닦으며
가을장마 요란한 하늘에 건네듯 그랬다

형은 만국의 노동자를 위해 싸우고
저는 만인의 노동자로 일하고, 그러면 되지요

숨 끊어진 무엇인가를 고치며 살아온 그 앞에
남을 가르치려고만 했던 선생은 할 줄 아는 게 참 없는데
토착 원주민들도 은근히 주말을 기다리는 건 그가
그때만 잠시 귀향하는 주말부부이기 때문이다

내내 원주민은 못 되겠지만 마을을 떠나지 말자는
약속은 했는데 사람의 다짐이라 가능할지는 모르겠다

동생, 불은 잘 타고 있네

찔레꽃 덕분에

젊어서는 환할 때,
엄마 말로는 해가 똥구녕까지 올라왔을 때
간신히 눈을 뜨곤 했는데
죽음에 가까워진 요즘은
희한하게도 아직 어두울 때 눈이 떠진다

순서를 지켜
고양이와 닭과 개들의 먹을거리를 챙기고
담배 한 대 쟁여 물면 그제야
명당산 서북 사면이 느릿느릿
안개를 털며 환해지는데

마당 가득한 서양 꽃들은 사연이 되지 못하고
하얗게 피어나는 찔레꽃 노란 꽃술 속에
숱한 유년들이 아프게 피어난다
거기에는 머리에 수건을 두른
아직 젊은 엄마가 있고
검정 고무신에 책보를 둘러맨 아들도 있다

찔레를 꺾어 먹던 소년과
산딸기를 사 먹던 소녀가 한집에 산다

모두 찔레꽃 덕분이다

만약을 위해

요리를 좀 배우란다
만약을 위한 준비를 하란 말일 텐데
라면에 김치찌개, 비빔국수도 말 줄 아는데,
인터넷만 할 줄 알면 처녀 불알도 살 수 있는데
아내는 자꾸
요리를 좀 배워 두란다

말 끝나기 무섭게 헛헛한 무엇이
성큼성큼 다가와서는 쾅쾅 가슴을 두드리는데

내가 요리에 둔한 건 사실이지만
아내가 딸애와의 남프랑스 여행으로 집을 비웠을 때
소외와 오이를 버무려 소박이김치를 담근 적 있다는 건
페이스북에도 자랑했던, 사실이다

만약을 위해 나도 한마디 했다
당신도 오줌발로 눈밭에 글씨 새기는 걸 좀 배워

연습으로도 안 되는 게 있는지는 모르겠다

아직 안 해 본 게 너무 많아서

육십 년 만에

육십 년쯤 살았더니
전교조 인제지회에서 제일
나이 많은 조합원이 되었다
아버지보다 십 년을 더 사는 사이

교무실에서도 그리되어
자나 깨나 눈치를 보는데,
시계 보는 법을 까먹었는지
새벽 세 시에도 깨고 네 시에도 깬다

그럴 땐 어처구니없다는 말이
난감하게 베개 밑을 적시는데
마을에선 아직도
팔팔한 청년이다 그래서
우리 마을의 미래가 어둡다

새로운 절망은 늘
너무 가까운 데 있다

각방

안방 윗방 도장방 상방
내가 아는 방들의 이름인데
우여곡절 살림을 합치고 보니
각각 자는 게 편하다

어머니 살아생전
부부싸움 끝에도 각방을 쓰면 아니 된다 하셨지만
어느덧 각방이 편한 나이

몸은
편한데
마음은
조금
서늘하다

장독대

엄마가 닦던 장독을
아내가 닦는다

익숙해지지 않는 풍경

이 일은 원래
세상 모든 엄마들의 일이었다

나 다시
엄마와 살고 있다

아내의 화장대

서방이 막무가내 산골에 집을 지은 탓도 있고
새끼들 뿔뿔이 집을 떠난 이유도 있지만
수십 년 된 도시를 정리했다 아내는

아내는 돈 벌러 가고 나는 쉬는 날
산골로 와 주어 고맙다는 표시로 화장대를 짠다
기껏해야 재활용 목재로 선반 하나 짜는 거지만
이거 당신을 위해 짠 거야, 어때 마음에 들어
으쓱한 말 한마디 하기 위해 대패질을 한다
선뜻 화장대 하나 못 사주면서

디올 백이든 작은 파우치든
선물로 들고 올 간첩 어디 없을까

어떤 당부

저녁 약속 있어,
과음하지 말고

운동하고 올 거야,
과음하지 말고

저녁에 회의 있어,
과음하지 말고

출장이야 오늘,
과음하지 말고

친구가 온대,
과음하지 말고

문상問喪 갔다 올게,
과음하지 말고

집회 다녀올게,

과음하지 말고

현관문에 매달려 있는
요지부동의 어떤 당부들

폐경 무렵

은교*를 마저 읽고
적요에 들던 날
석 달째 꽃이 없네, 아내가 말했다

튤립이 지고
마가렛이 막 피어나던,
아내의 정원이 절정이던 때였다

혼잣말 같지는 않았는데
못 들은 척 안 들은 척

밥알이 모래알처럼 겉돌던 저녁

* 『은교』는 박범신의 장편소설 제목. '적요'는 소설 속 주인공 시인의 필명.

매 버는 말

여보, 우리 가족 맞지
그러니까 당신이
아들의 연애를 응원하는 것처럼
나의 그것도 박수 쳐 줘
가족은 서로를 토닥이는 관계잖아

장작을 패며

장작은
유년의 허기
어머니 가난의 무게
아버지 부재의 깊이

구들장 데우던 옛 아궁이는 아니지만,
무쇠 도끼질 대신 유압 도끼로 패지만
비틀린 세월을 쪼개 넣으면
유년의 허기도 가난의 무게도
아버지 부재의 깊이도 금세
옛일이 되어 굴뚝을 빠져나간다

이렇게 좋은 세상에 웬 장작이냐지만 그것은
과거를 어루만지는 어떤 의례,
아직도 꿈이나 미래
연애처럼 마음이 부푸는 것

연기로도 환해지는 저녁이 있다

아버지 냄새

본 적도 만진 적도 없는데
아내는 단정적으로 말한다
당신 방에서 아버지 냄새 나

냄새를 먹고 사는 탈취제에서도
이불이며 베개에서도
외출에서 돌아온 옷가지에서도
아버지 냄새가 난단다

킁킁거려 본다, 겨울이면 아버지들 모여
새끼를 꼬던 외갓집 그 방 냄새 같은 것
어머니가 댓진내라고 하던 그 냄새
그 냄새가 아버지 냄새라니

비로소 내가
꿈에도 그리던 세상의
아버지가 된 것이다, 하냥
기쁘지만은 않은

악성중피종

형이 수술을 했다
척추에서 시작해
폐와 심장 콩팥까지 전이된
불필요한 근육을 떼어 냈는데
떼어 내기 전까지는 말기 폐암이었다가
후에는 악성중피종으로 병명이 바뀌었다

통풍이 어떤 병이냐 물었을 때
인터넷을 찾아보라던 시골 의사처럼
와이파이 빵빵 터지는 강남 의사도
같은 식으로 말했다

왜 내가 유서를 써 놓아야겠다고 생각하는지,
곧 죽을 것만 같은지 가슴이 쿵쿵 운다

위로는 때로 너무 공허하고
깨달음에 이르는 나이는 너무 늦게 온다

달빵

이번 명절에도 못 오는 걸 알면서도 자꾸
마을로 들어서는 다리 쪽에 눈길이 가는 건
어쩔 수 없는 일이구나

부모는 기다리는 사람이라는 거
자식일 때는 몰랐다, 하여
늦게 오는 깨달음이 조금 서럽다

그 하늘에도 달이 떴겠으나
인북천 대보름달을 네게 보낸다

설마 배를 곯기야 하겠냐만
아비가 보낸 것이니 돈 걱정 말고
천천히
많이
뜯어 먹으려무나

1969년, 엄마

내 유년의 기억은
1969년에 머물러 있는데
아폴로 11호가 달을 침략한 기념으로
하루 놀았던 것도 같고

엄마가 몹시 아파 큰무당 불러 굿을 했고
불춤 추는 무당이 무서워 도망을 치다가
옥수수 그루터기에 걸려 엎어진 것도 같고
달빛만 휘황한 을씨년스런 겨울이었지만
옥수수 짚가리에 숨긴 몸이 조금 따뜻했던 것도 같은

이전도 없고 이후도 없이 영원할 것만 같았던 1969년은
면온국민학교 2학년이었다 계산해 보니 엄마는
마흔둘이었다

남의 집 품을 팔고
다 늦어 들어온 엄마는
단칸방 문을 삐끔 열어 보시곤
외가로 가 술을 드시곤 했는데

엄마의 잦은 눈물이 싫고 무서워
어떤 식으로든 측은지심을 유발해
외가 술청으로 가는 걸 막아야 했는데

어둠 깊은 방에 등잔불도 켜지 않고
엉덩이를 하늘로 뻗치고 절하듯 기도하듯
지쳐 엎어져 자는 척을 하면 엄마는
머릿수건을 탈탈 털며 에구 내 새끼 가여워라
엉덩이를 몇 번 두드려주시곤 이내
아궁이에 손가락 같은 삭정이 넣어
밥불을 지피곤 했는데

그로부터 반세기,
쿠쿠압력밥솥이 말을 하는 세월이 되었다
거기 문장 하나 추가한다

엄마표 아궁이 솥밥이 완성되었습니다

3부

거기 두고 온 말들

내 청춘의 한때는
탄가루 촘촘히 박힌
영암운수 철암행 버스, 빈자리 많았지만
앉을 수 없었던 불편으로부터 출발한다

월급봉투가 얇기는 했지만 나는
어엿한 정규직 노동자였는데
터져 갈라진 아이의 손에
핸드크림을 발라 줄 생각은 못 하던 때였다
아직도 생생한, 설거지 냄새가 묻어 있던
언 손등이 타전하던 엄마의 부재

츄리닝이나 운동화를
뇌물로 들고 온 봉제공장 영업부장에게
상급학교 진학을 앞둔 일부 아이들을
팔아넘기기도 했는데
선생들은 그것을 입고 신고 테니스를 쳤다
저탄장을 배경으로 튀어 오르던
작고 탄탄한 연두의 비행은 늘

불편한 몇 개의 이미지를 동반했다

그 마을엔 꽃집이 없었지만
월요일의 교무실 책상에는 늘
장미 몇 송이 안개에 싸여 피었고
일요일에 황지까지 다녀온
미정이가 피워 놓은 꽃이란 건
사환 김 양의 귀뜀 덕이었다

그러는 사이 몇은 자퇴를 했고
또 몇은 꾸준히 학교에 오지 않았고
예억이 그 애는 교도소 검열인이 찍힌
편지를 보내오기도 했다

답신을 보내고 싶었지만
쓸 말이 없었다

그로부터 사십 년, 나 그곳에
너무 많은 말들을 두고 왔다

뾰족하고 날카로운 말에
상처 입었을 젊은 벗들에게
이제야 무릎 꿇어 사죄한다

소리로 오는 것

2학기 중간고사 첫날 첫 시간, 수학이다
OMR 답안지를 우선 배부하고 시험지를 세는데
시험지 같은 것 필요 없다는 듯
마킹 완료, 세 명은 이미 등 굽은 무덤

뭘 하는지 모르겠지만
스물두 명 중 열아홉은
종료 10분 전 안내 방송이 나오는 현재까지
고개를 세우고 있다 복학생 강현이도
자기만의 암호로 꾸역꾸역 빈칸을 채우고

사각사각 혹은 또각또각
지면을 채워 가는 연필심
닳는 소리, 부러지는 소리
이렇듯 희망이 소리로 오는 거였다니

자기소개

학교 선생이라고 하면
무슨 선생이 수염에 빡빡이냐며 갸우뚱하다가
음악 선생이라고 하면
농담도 잘하시네, 체육 선생 아니냐 되묻는다
체육 선생은 그래도 되는지 모르겠지만

음악 선생은 모름지기 손가락이
희고 길고 가늘고
머리는 작고 목은 길고
몸피는 보호본능을 일으킬 만해야 하고
눈은 사슴처럼 선하게 깊어야 한다는 것이겠는데

음악 선생을 증명할 방법이
아리아를 부르거나 피아노를 쳐 보이는 건데
그럴 수 없을 때가 더 많고
대중의 선입견을 뭐라 할 분위기가 아닐 때가 많아
자기소개는 늘 농담으로 끝나곤 하는데

검고 짧고 굵은 손가락은

아버지의 부재에서 비롯된 노동의 산물이고
전투적 눈빛은 어리숙하게
시대와 맞서다 뒤집힌 것이니
돌쇠형 외모를 전적으로
내 탓이라고만은 할 수 없는데

망치질하듯 해서
피아노에게 미안할 때가 많지만
아직은 손가락이 건반 사이에 끼이지는 않으니

노동도 멀고 투쟁의 길은 더 멀었다는 얘기겠다

아이들이 묻지 않겠나

선생님은 4.19 때 어디서 뭘 하셨나요?
— 음, 그땐 아직 태어나기 전이었어.

그럼 5.18 땐 뭘 하셨고요?
— 아, 그땐 아직 학생이었지.

그럼 6.10 항쟁 때는요?
— 아직 세상 물정을 잘 몰랐어.

그럼 2008년 광우병 때는요?
— 내가 쇠고기를 별로 안 좋아해서…….

그럼 세월호 때는요?
— 난 원래부터 수학여행 반대론자잖아.

그럼 지난 민중총궐기 때는요?
— 아, 가을 산행 선약이 있었어.

그럼 이번 주 300만 총궐기는요?

— ......

한희와 두희

두희는 한희 동생이다 어쩌다
두 자매를 다 가르쳐 보게 됐는데 두희는
열네 살에 담배를 배웠단다

한희도 열일곱 때는 웬 분노가 그리 많은지
선생한테 욕을 하기도 하고
지각했다고 야단을 좀 치면
책가방 벗어 던지고
왔던 길로 되돌아가기도 했는데

열아홉, 고3이 되어서는
저 때문에 1학년 때 고생 많으셨지요 할 만큼
철이 났는데 엊그제 두희 문제로 전화를 했더니
전 과목 A 학점을 받았는데
한 과목 때문에 장학금을 놓쳤다며
동생이 절 닮아 그러니 잘 살펴 달라는데

문제지 받기도 전에 답안지를 채우고
인형을 베고 엎어진 두희를 그래서 아직은

포기할 수 없다

산골 선생

속옷까지 배달해 주는 택배기사 그이는 현서 아빠
매달 빠지지 않고 수도 계량기를 검침해 주는,
하늘색 마티즈 그녀는 학급 반장을 했던 정이 엄마
새장가 드는 과정에 무슨 잘못 있었는지
아들딸 안부를 내게 묻는 샘터갈비 이 사장은 정태와
송이 아빠
갈 때마다 담금술 한잔 꼭 따르러 온다

밤에는 아이들을 지키고 낮에는 사과나무를 지키는
기숙사 사감은 수현이 아빠
냇강마을에서 막국수 내리는 하늘마당 원희 씨는
예현 예진 예랑이 아빠

어제는 선현이 아빠가
인제산 구절초, 백일홍, 천일홍, 마편초, 촛불맨드라미
등등을
한 차 가득 싣고 왔다

산골에서 선생으로 산다는 것은

속옷 상표를 보여 주는 것
물을 얼마나 썼는지 들키는 것
막국수를 좋아한다고 고백하는 것, 아니아니
공짜를 좋아해서 대머리가 됐다는 것을
실체로 보여 주는 것

살다 보니

동서울터미널 앞 그러니까
지하철 2호선 강변역 앞에서
우동 그릇을 빠져나가는 하얀 김을 바라보며
담배 한 대 피우는데
바퀴 달린 큰 가방을 쩔쩔매는 젊은 애가
지하철 2호선 타려면 어디로 가느냐 묻는다

낫을 앞에 놓고 기역을 묻는 격인데
시골 나그네가 서울 길을 안내하는 날도 있다니

그나저나 그 애는
어디서 와서 어디로 가길래
강변역 앞에서 2호선을 물었을까

마스크로 얼굴을 가려 잘은 모르겠는데
땡땡이 깠다고 학생부로 불러 윽박질렀던
승훈이 새끼는 설마 아니겠지

너 좀 재수 없어

공부 잘하는 애들은 공통점이 있다
핸드폰이 없거나
있다고 해도 우리 할머니 거 같은
폴더폰이거나

걸어서 5분도 안 되는 곳이 집인데도
기숙사에 입사한다거나
수시전형으로 대학에 갈 거면서도
수능 공부에 초집중한다거나

체육대회 날에도 책을 들고 나오거나
일인 일 종목에는 참가해야 해서
고르고 골라 피구 경기에 투입하면
제일 먼저 맞아 죽거나

스마트폰 없는 영재 새끼 때문에
그 추운 밤에 직접 파일을 전달하고 오는데
아무튼 공부 좀 한다는 애들은
재수가 좀 없다는 생각이 들었다

그때도 지금처럼 겸손했더라면

우리는 같은 반
매일매일 만나다 보니
자연스레 좋아하는 감정이 생겼는데요
그래서 삼십 일, 백 일, 생일을 축하하고
들로 강으로 산책도 나가고 드디어는
사랑한다 고백까지 하게 되었는데요

누구도 일부러는 아니었지만 우리는
친해지는 만큼 그만큼, 조금씩 거칠어지기 시작했어요
처음엔 말투가 이쁘지 않다고 다투다가
나중에는 싸움이 점점 커져서
코가 삐뚤어졌다느니 눈꼬리가 처졌다느니

철학이 다른 건 문제도 아니었어요 사랑이
이렇게 유치한 거란 걸 알았다면 그 봄밤에
떨리는 가슴을 열어 보였겠어요

헤어질 만큼은 아니라 생각했는데
요즘엔 드문 이름 영희 그 애가

말다툼 심했던 그 밤에
이제 그만 만나자는 문자를 보내왔을 때
백 번도 천 번도 더 읽었을 거예요
그 문장 속에 희번덕이던 분노와 조롱과 자학,
지우고 또 지우려고 얼마나 애썼는지요

아무것도 모르는 선생님은 예전처럼
우리가 함께해야 할 공동 과제를 내주시곤 했는데
아무 일 없었던 것처럼
자신을 속이는 일이 힘들기는 했지만
우리가 서로에게 이렇게 겸손했나 싶게
그 애는 말머리마다 미안한데를 덧붙였고 나는
말끝마다 고맙다는 예를 갖췄답니다 우리에게도
이런 공손함이 있었다는 걸 헤어지고 나서야 발견하다니요

그 애의 뒤통수 너머 하얀 칠판에 누군가
남의 속도 모르고 파란 낙서 한 줄 해 놓았습니다

철수♡영희

꿈을 위한 잠

똑같이
선생님 얘기를 자장가 삼는데도
민이는 운동선수라서,
단이는 엄마 없는 동생들 챙기느라
힘들어서 그럴 거라며
다 봐 주면서

운동선수도 아니고
엄마 아빠도 다 있는 내게
드럼스틱으로 머리를 톡톡 치며 물었다
넌 대체 밤에 뭘 했기에,
장차 뭐가 되려고,
뭐가 힘들어서 그렇게
맨날 퍼질러 자는 거니

따발총 선생님은 모른다
내 꿈이 프로게이머라는 걸 그리고 꿈은
잠을 자야만 꿀 수 있다는 걸

거짓말탐지기

카메라를 보고 바로 앉으세요
눈을 감아도 안 되고 움직여도 안 돼요
그 위에 보면 숫자 4가 있지요
제가 물을 거예요, 그러면
무조건 아니요 아니요, 라고 답하시면 돼요
이 기록은 3년간 보존하였다가 폐기합니다
자 시작하겠습니다

앞에 보이는 숫자가 1 맞습니까, 아니요
앞에 보이는 숫자가 2 맞습니까, 아니요
앞에 보이는 숫자가 3 맞습니까, 아니요
앞에 보이는 숫자가 4 맞습니까, 아니요
앞에 보이는 숫자가 5 맞습니까, 아니요
앞에 보이는 숫자가 6 맞습니까, 아니요
앞에 보이는 숫자가 7 맞습니까, 아니요

생체 반응을 알아보는 예습용 질문이라는데
나는 아직 숫자의 깊은 속내를 모르는 선생이거나
기계 앞에서도 주눅 들지 않는 거짓말에 능한 시인이거나

주체성도 없는 학생안전부장이라는 것을
거짓말탐지기 앞에서 확인한다
죽을 사死도 아닌 고작 숫자 4 앞에서

스승의 그림자도 밟지 말라고?
선생 똥은 개도 안 먹는다고?
둘 다 옛말이고 해석도 달라졌다지만
앞말은 틀렸고 뒷말은 맞다

경찰청 마당 초여름 아지랑이가
노랗고 파랗게 복수초처럼 피어나던 오후
그래도 아이들을 사랑하라는 말
이젠 요구하지 않았으면 좋겠다
모두를 사랑할 수 없듯
모두를 증오할 수도 없다 그렇게 됐다 시절이
다행이라면 이제 더는
교문을 출입하지 않아도 될 날이
매우 가까웠다는 것이다

40년 드나들었던 그 문에

침을 뱉지는 않았으면 좋겠는데……

딸기의 시절

한겨울 딸기라니,

이젠 별로 신기한 일도 아니지만
살아 보니
한겨울 딸기 같은 일은
실제로는 잘 일어나지 않는다

마음 근육이 점차 소멸하는 때에
한겨울 딸기 같은 일을 기대한다는 건
나잇값을 못 하는 일이거니와
참 염치없는 바람이다

한겨울
딸기를 키워 낸 농부의
굽은 허리를 생각하면
그리 비싼 것도 아니어서
엄동에도 딸기를 먹을 수 있게 되었는데

한겨울 딸기 같은 일들은

절대로 일어나지 않는다는 걸
한겨울 딸기를 먹으며 생각한다

드디어는 딸기의 시절이
끝난 것이다

복수는 너의 것

거미줄 걷어내며 사는 게 생활이라지만
이쪽도 없고 저쪽도 없는 곳에 쳐진 거미줄
그 근원은 어디일까
무슨 잘못을 했기에 이 나이에
악의 뿌리에 대해 골몰하는 걸까

사람을 사랑하는 일은 때로
무모한 모험 같은 것

천 길 낭떠러지 아래를 외면하며 걷거나
아무리 세게 밟아도 멈춰 서지 않는
브레이크 듣지 않는 차를 모는
불운이 연속인 꿈 같은 것
아니야 아니야 이건 꿈일 거야
악몽에서 헤어나려는 식은땀 같은 것

거미줄 모아
끊어지지 않는 올가미를 만들고 싶은데
꼬아지지 않는다

퉤퉤 침 뱉아 손바닥을 비벼보지만
모두 허사다

그리하여 복수는
오로지 너의 것이다

4부

졸렬한 핑계

그럴 줄 알았다 영호야
결국 우리는 굽은 등으로
작별을 했다
억울해 억울해,
호곡 같은 어머니의 눈물을 닦으며 너는
다급한 생계를 택했다

공부는 하고 싶지만
학교는 더 이상 싫다던 네 말
너는 변명하지 않았고
나는 설득하지 못했다

세상 도처가 학교라는 말,
위로랍시고 건넨 말인데 참
졸렬한 핑계였다
가난에도 꽃이 핀다는 거짓말도
차마 할 수 없었다

낡은 희망

소나기 지나간 교정에서
빛 받아 총명한 아이들이
무지개를 배경으로 땅뺏기놀이를 한다
그러면서 이다음에 투기꾼이 되고
아파트 복부인이 되고 나아가
주가를 조작하는지는 모르겠지만
아무튼 아이늘은 가르쳐 주지 않아도
날아오르는 법을 안다

개뿔도 없으면 순종해라
좀 있다고 함부로 나서지 마라
넉넉히 있거든 치열하게 싸워라
피 터지게 싸워 이겨라

이것이 고무줄놀이를 원하는 내가
인터넷 게임을 즐기는 너희에게 주는
마지막 정치학 개론이다

낡은 희망도 희망은 희망이다

미자

학교에서 늘 일등을
뺏기지 않는 미자는 백일장에서
장미 동산에 대해 썼다
대궐 속 음모와
비밀금고의 부정에 대해

그러면서 그 애는
판자촌 루핑 지붕의 눈물과
화해할 수 없는 어떤 대통령의
폭력에 대해 썼다

빨간 원고지에 남은
숱한 지우개 자국

미자야, 그런데 그렇게 쓰지 마라
그러면 너와 나 우리는
불편한 관계가 된단다

교정엔

눈물처럼
봄비가 내렸다

2학년 1반

51번 작은 영호랑 규찬이는 결국 자퇴를 했다

97킬로를 넘어선 34번 큰 영호
골초 승하
1학년 4반에 여자친구가 있다는 용선이
강민이라는 가명을 쓰는 인수
연애를 시작한 치형이
고압가스 기사 시험을 준비 중인 부실장 효성이
티를 내지 않는 실장 완선이
꾸준히 결석을 하는 철창 속의 예억이
로보트춤으로 인기 있는 하얀 순환이
급우들의 의욕 없음을 안타까워하는 성배
꼭꼭 따지고 넘어가는 택근이
성악가가 되고 싶다는 신문 배달원 경철이
말 없어 힘도 없어 보이는 원철이
실패한 가출에서 돌아온 성길이
자퇴를 유보 중인 정구
목사 아들이라서 담배를 맘대로 못 피는 용수
축구를 잘하는 세철이

아이큐 57의 찬주

그래도 애들은 밝다 그래서 오늘도
금지곡을 가르치며 부끄러운 교단에 선다

야외수업

두 개의 분필
해지기 시작한 출석부
반쯤 남은 담배를
부러뜨리며 수업을 나간다

개교한 지 십 년 넘었지만 우리 학교에는
아직 교사용 화장실이 따로 없어서 우리들은
서로의 아래로부터 친밀해 왔는데
캐터필러가 몰려와 똥통을 부수고 있다

수세식으로 짓는다는 것인데
물이 귀하고 한파가 심한 동네
전시용이 되는 건 아닐까 아래 초등학교처럼

오선을 긋는 두 개의 분필은
괜한 걱정으로 생각처럼 곧은 선을 그리지 못한다
그렇다면 똥 냄새 그윽한 오늘은
야외수업을 하자

콩나물 대가리 대신 풀이름 꽃이름 나무이름,
그리고 절대 잊어서는 안 될
똥 같은 이름 몇 개 더 일러주었다

면온국민학교

누님, 그 암울했던 60년대를 기억하시겠지요
아름다운 나라 미국에서 보내주던
각우유와 건빵을 받아먹으며
줄줄 설사를 해 대던 그 시절 말이에요
깜장 고무신 양손에 벗어 들고
나일론 책보에 양철 필통 딸랑거리며
일주일에 한 번 들어오던
제무시 산판 트럭을 뒤따라가던
뽀얀 신작로의 현기증 나는 그 시절을요

부르릉거리는 엔진소리가 신기하고
창에 오른팔을 걸친 조수가 부럽고
기름 냄새 맡으면 회충이 죽는대서
상고머리 하얗게 흙먼지를 뒤집어쓰던

강원도 평창군 봉평면 면온국민학교
우리가 졸업했다면 누님은 26회 저는 30회쯤 됐겠지요
교장 선생님 축사畜舍의 돼지 새끼들도
우리와 똑같이 우유와 건빵으로 살을 찌워 갔고

그래서 우리는 그런 교장 선생님을 미워했지요
개돼지만도 못하다는 말은 그때 생겼는지도 모르겠네요

위대한 독재 정부가 들어서고
마을 앞으로는 씽씽 고속도로가 뚫려 모두
잘살게 됐다고 입바른 소리를 했지만 누님
우리나라는 숫자의 나라지요
농협에 목숨을 저당 잡힌
고향의 야윈 가장들을 보면서
왜 이렇게 고향이 불편한지요

장학기금 마련을 위한 이천 원짜리
추석 노래자랑의 심사위원으로 초대되어
격렬하게 흔들어 대는 메밀꽃 같은 후배들을 보면서
태극기와 성조기가 그려진 팔뚝이 굳게 악수하고 있는
서러운 밀가루 포대가 떠올랐어요
속바지를 지어 입던 그 밀가루 포대 말이에요

군사우편

분단의 허리에서 보내온 편지를 읽는다
세상엔 받아서 괴로운 편지도 있다

지난 6월 25일, 그날도 비가 내렸다
미사일이 날아다니는 세상이지만 아이들은
맨주먹 붉은 피로 원수를 막아 내자 외쳤고
아직도 교련복에 목총 다루는 법을 익혀야 하는
후배들은 시가지 행진을 하면서
수도를 탈환하는 병사들처럼 자랑스럽게 노래했다
어찌 우리 그날을 잊을 수 있겠냐고
그러나 시민들은 박수 치지 않았다

희망과 현실의 구름다리에서 보낸 편지에서 너는
어서 통일이 됐으면 좋겠다고 썼지만 나는
반통일 세력이 더 많다는 답장을 차마 할 수는 없었다

부디 잘 견디어 내거라
눈물도 메마른 우리들의 비정한 역사를

우리나라

처음 그 일 년이 지나며 나는
문제교사였다가
민주교사였다가 결국은
노조교사가 되었다
전직 경찰관 아들인 나는
과연 편향 왜곡된 좌경의식에 물들어 있는가

휴전선 이남과 이북이 그렇듯
적군과 아군으로 나뉘어진 싸움
민중이 원하는 것은
무엇이든 원천 봉쇄당하는
우리나라 대한민국
교사를 쫓아내는
전대미문의 우리나라
그런 대한민국에 나는
별명이 많은 교사로 산다

물러설 수 없는 싸움의 한복판

돌 반 담임

나는 음악 선생, 돌 반 담임이다
우리 학교는 아이들을
수박과 호박의 차이로 나누어 놓았는데
나는 그런 호박 반 담임이다

아이들을 좇아 단순하게 살고 싶은 시대
사랑을 이야기하거나
혁명을 말할 때 난 이미
아이들의 수준을 넘어설 수 없다

돌 반에서 새롭게 배워 가는
요즘 내 사랑은 다분히
십팔 세 연분홍이다
그러다 수박 반 애들이 부러울 때면
가출을 하거나 한 사나흘
아예 종적을 감추고 싶기도 하지만

눈부신 사랑을 한다
돌처럼 단단한

교과서대로라면

안전사고의 발생은 사고 유발자의 환경 및 과거가 개인의 심신 결함과 어울려 불완전한 심신 상태 및 행동을 낳게 되어 (재수 없이) 안전사고로 이어지는데 이는 어디까지나 개인의 책임으로 엄청난 재산 피해와 (경미한) 인명 피해를 초래할 수도 있다. 따라서 안전시설이 미흡한 작업장에서는

사업주가 좆빵이를 치든 경미하게 목숨을 잃든
노동자들은 팔짱 끼고 있는 것이 상책이다
교과서대로라면

쓸쓸한 풍경

춘천여자중학교 3학년 8반 교실에서 무심히
창밖을 본다 대룡산을 배경으로 한
비에 젖는 초가을 풍경

빨간 기와를 얹은 서민 아파트 지붕엔
흰 비둘기 몇 마리 젖은 날개를 털고
초라한 겟세마네 기도원 십자가에는
아직 등이 점화되지 않았다

금병산을 가로막고 선 새로 지은 동보아파트는
산의 허리며 얼굴을 송두리째 방해하고
추상으로 멋을 낸 옥상의 콘크리트 구조물은
유정裕貞을 추억하는 것조차 가로막는다

기도원에서 산책 나온 노인 몇몇 절름거리며
운동장 은행나무 밑을 기형적으로 걷는다
걷다가 잘 익어 떨어진 은행을 줍는다

운동장에는

아이들이 두고 간 우산이
날개 찢어진 채 비에 젖고
학교도 절름절름 비를 맞고 서 있다
아직도 아프게 서 있다

난로를 피우며

영하 4도가 돼야만 땔감을 주는
우리들의 학교
녹슨 광부들 떠난 빈 사택
옆구리 헐어 주워 오는 마른 널빤지

그랬구나 광부들은 이 한 장 송판으로
겨울과 싸우고 진폐와 살다 떠났구나

자욱한 연기에 눈물 흘리며
분하기도 부럽기도 하여 얘기하는
교육 여건 개선을 주장한
십만 프랑스 고등학생들의 시위와
대통령 단독 면담

얘들아, 우린 아직 식민시대를 사는구나
오울드 블랙 조로 사는구나

노가바

내가 피우는 담배는 팔팔 라이트
첫맛부터 끝맛까지 끝내 줍니다
그러다가 백자를 피워 봤어요
첫맛부터 끝맛까지 좆같습니다

고향의 봄에 가사를 입혀 보는 노가바 시간
아이들은 처음 눈치를 보다가
시인이 되겠구나 칭찬 소리에
까르륵 자지러진다

아이들 언 가슴 헤아리기엔
아직 길이 멀다

낮고 작은 것들의 성스러움

오민석

문학평론가 · 단국대 명예교수

1

칸트는 자신이 가장 경외하는 것 두 가지를 "별이 빛나는 하늘과 내 마음속의 도덕률"이라고 하였다. "별이 빛나는 하늘"이 대우주라면, "마음속의 도덕률"은 소우주다. 전자가 개별 주체 외부의 보편적 공유 물질이라면, 후자는 개별 주체 내부의 정신적 자산이다. 그러니 주체가 아름다워질 수 있는 유일한 길은 자기 "마음속의 도덕률" 밖에 없다. 별이 빛나는 하늘은 누구에게나 있는 것이므로, 결국 그것을 경외할 수 있는 마음속의 도덕률만이 관건이 된다.

권혁소의 시집을 읽으면 내심 이런 질문이 떠오른다. 이 시집은 왜 유의미할까? 이 시집은 독자들 내부의 무엇을 건드리나? 이 시집을 의미 있게 만드는 것은 권혁소의 마음속에 있는 도덕률 때문이고, 그것이 독자들의 가슴에 있는 도덕률을 울린다. 그는 근 40년 이상 교사로서 교육 노동운동을 하였고 아이들을 가르쳐 왔다. 그의 마음속에서 빛나는 것은 이런 생활과 무관하지 않다. 교육 노동 운동은 교육만이 아니라 교육 현실과 연관된 시스템에 대한 총체적 인식이 필요할 것이고, 그의 도덕률은 이런 맥락과 같은 궤도에 있다. 또 하나, 그가 주로 거주한 강원도의 시골 학교와 학생들, 그리고 지역 주민들의 삶, 가족들의 생애 역시 그의 도덕률을 구성하는 중요한 자원들이다. 이런 과정을 통하여 권혁소 시인의 내면에 세워진 도덕률은 한마디로 '작고 낮은 것들'에 대한 애정과 그런 것들의 편에 서서 그런 것들의 성스러운 가치를 옹호하는 것이다.

보면 볼수록 가슴 차올라
오래오래 이름을
묻고 싶지 않은 꽃이 있다

꽃말이 궁금하고
일생의 안부가 궁금하고 어쩌다
내 뜰까지 찾아와 피었는지
솜털의 내력까지 궁금하지만

모르는 채 한 시절 그냥 곁에 두고 싶은
그런 꽃이 있다 이를테면

낮게 엎드려 피는 꽃
작지만 제일 먼저 피는 꽃
저만치 혼자 피는 꽃
바위 밑에 웅크려 피는 꽃
깊은 밤의 안부를 묻는 꽃
머뭇대는 수많은 꽃망울들에게
용기를 주는 꽃
―「그 꽃」 부분

　모든 가치가 그렇듯이 도덕률은 선택과 배제의 원리로
작동된다. 하고많은 꽃 중에 그가 선택한 꽃들은 위 인용
시의 마지막 연에 나오는 것들이다. 그것들은 "낮게 엎드
려" 피고, "작지만 제일 먼저" 피며, "저만치 혼자서" 피고,
"바위 밑에 웅크려" 피며, "깊은 밤의 안부를" 묻고, "머뭇
대는 수많은 꽃망울들에게/ 용기를 주는 꽃"이다. 이것들
은 모두 '작고 낮은 것들'이지만 그래서 더 소중하고 성스
러운 것들이다. '꽃'은 아름다운 존재의 은유이다. "수많
은 꽃망울들"은 아직 꽃이 아니지만 곧 꽃이 될 존재들이
므로, 어린 학생들의 은유로 보아도 좋다. 그는 이렇게 작

고 낮은 것들의 편에 서서, 그들의 이야기를 듣고, 그들의 삶을 시로 호출한다. 그는 힘센 것, 높이 앉아 호령하는 것, 머뭇댐이 없이 단호한 명령어를 구가하는 것들에 저항한다. 그의 도덕률은 크고 높은 것들의 대척점에서 작고 아름다운 것들을 향해 있다.

  종이박스를 줍는

  비닐테이프 떼어
  기울어진 수레에 정교하게 쌓는

  노인의
  뭉툭하고 느린 손동작
  오래
  바라보았다

  어떤 미래 같은
  —「서러운 풍경」 전문

  시인은 종이상자를 주워 연명하는 가난한 노인을 타자의 자리에 놓지 않는다. 그의 시선에 포착되는 순간, 가난하고 약한 타자는 타자성을 상실한다. 시인은 그를 자신과 동일시하며 그의 가난과 늙음과 약함을 자신의 것으로 치환한다. 이 완벽한 동일시가 "서러운" 정동affect을 만든다. 지금 눈앞의 모습이 "서러운 풍경"인 것은 그것이 화자에게 닥쳐올지도 모를 "어떤 미래"이기 때문이다. 롤랑 바르트R. Barthes가 『애도 일기』에서 "나는 그 사람이 아프다"라고 말하며 끙끙 앓은 것처럼, 시인도 가난하고 무력한 노인이 너무 아프다. 주체의 리비도가 '그 사람'에게 전부 가서 그 사람을 아파할 때, 그 사람은 타자성을 상실하고 주체와 하나가 된다.

반딧불이를 보러 북천에 갔다가
헤드라이트에 놀라 우왕좌왕하는
한 생명을 보았다
운전을 멈추고 지켜보는데

꼬리 있으니 고라니는 아니겠고
뿔도 달고 하얀 궁뎅이 아니니 노루도 아닐 터

창졸간에 멧돼지 방지 철망을 뛰어넘어
깎아지른 암벽을 타는 너는
오색케이블카 폭력에 맞서는 산양,

산양이 분명하구나
―「산양, 사랑을 보다」 부분

보라. 이 텍스트에서도 시인은 '오색케이블카'와 자동
차의 '헤드라이트'를 경계하며 힘없는 '산양'의 편에 선
다. 그가 볼 때, 전자들은 '폭력'적인 문명의 기제들이다.
생명의 위협을 느낀 약한 것들이 힘센 것들 앞에서 '우왕
좌왕'할 때, 어느 편에 설 것인가. 시인은 "창졸간에 멧돼
지 방지 철망을 뛰어넘어/ 깎아지른 암벽을 타는" 산양의
원시적 힘을 찬양하고 그것을 '사랑'이라 부른다. 시인은
사랑이 문명을 이기는 가장 큰 힘임을 믿는다.

2

모든 도덕률과 사랑은 역사가 있다. 그것들은 돈오頓悟
로 오기도 하지만, 경험과 기억으로 오기도 한다. 수많은
자극을 거치면서 자아와 자아의 방어기제가 형성되듯, 선
악의 다양한 경험들이 올바른 삶의 원칙을 세우기도 한
다. 그리하여 강한 악과 싸우는 약한 선의 출현이 가능해
진다. 패배를 두려워하지 않는 약자의 결기는 그 자체 이
미 승리이다. 왜냐하면, 그것이야말로 (칸트식의) '경외'

를 불러일으키기 때문이다. 경외는 외롭더라도 높고, 쓰러
질지라도 위엄있는 도덕률을 향해 있다.

　산골에 잘 살기 위해서는 먼저
　풀에게 지는 법을 배워야 하는데
　이기는 법만 배워온 나는 오늘도
　제초제를 들었다 놨다 안절부절이다

　좋은 식재료는
　크기가 들쭉날쭉하고 더러 구부러지거나
　벌레가 먼저 한 잎 깨물기도 한 것인데
　…(중략)…

　끝내 풀을 이기는 마을 본 적 없고
　앞으로도 그럴 것인데

　초록별을 응원하기 위해
　빈 차를 타고 먼저 출발한
　녹색평론 김종철 선생은
　알콩달콩, 풀들과 열애 중이시겠지
　끝내는 풀이 이긴다 열강 중이시겠지
　　　　　　　　—「끝내 풀이 이긴다」 부분

시인은 왜 풀의 정치학을 이야기할까. 이 시에서 풀은 가장 약해 보이나 가장 강한 것의 시니피앙이다. 풀은 그 모든 문명과 대척점에 있는 자연이고, 늘 공격당하지만 끝내 승리하는 원시의 힘이다. 상징으로 이해하자면 이 텍스트에서 풀은 시스템의 '제초제'에 굴하지 않으며 끝내 일어서고 또 일어서는 인민으로 읽어도 된다. 무엇을 지시하든 풀은 약하고 보잘것없는 외양에도 불구하고 온 세상을 덮는 생명의 힘이다. 풀을 따라가면 생명의 철학을 알 수 있고, 풀을 인정하면 자연의 위대함에 무릎을 꿇게 되고, 풀을 알면 인민의 정치학을 이해하게 된다.

마포에도 섬이 하나 있었습니다 그 섬에는
무뚝뚝한 고구려 사나이 하나
파이프 담배를 물고 그물을 깁고는 했는데
국토의 모래 한 알도 빠져나갈 수 없는
촘촘한 그물엔 참 아까운 숫자나 단어들이
걸려 있곤 했습니다 가령
유신, 복간, 시인, 쉰아홉, 스물 같은 것 말입니다

시절을 배신하는 동지들 하나 둘 늘어갈 때도
무뚝뚝한 사나이 그대는 언제나처럼

아침 선박의 뱃머리에서
해무로 가득한 난바다를 헤엄치며
감옥으로 난 길을 알면서 앞서기도 했는데

오늘, 이름을 모르는 어떤 섬에 이렇게 당도하여
우리들의 정념 하나를 반듯이 새겨 봅니다
종아리를 치는 회초리, 여전합니다
  ─「무뚝뚝한 사나이─죽형 조태일 시인을 추모하며」 부분

시인의 마음엔 별처럼 빛나는 기억들이 있다. 그것들은
시인의 마음속에 내려앉아 (시인의) 도덕률의 일부를 이
룬다. 시인이 하늘의 별을 경외할 때, 별은 시인에게 내려
와 마음의 꽃이 된다. "시절을 배신하는 동지들 하나 둘
늘어갈 때도" "감옥으로 난 길을 알면서도 앞서" 가던 선
배 시인은 현역 시인의 마음 밭에 내려온 별빛이다. 그것
은 그 자체 아름다울 뿐만 아니라 후배 시인의 마음속에
서 더욱 아름다워지는 어떤 것이다. "종아리를 치는 회초
리"는 시인들의 마음속에서 연이어 계보를 이루는 엄정한
도덕률이 아니고 무엇인가. 그것을 가슴 속에 품고 있는
자는 하늘의 별처럼 아름답다.

구한말 파르티잔 신돌석은

영해의병 중군장中軍將으로 의병 100여 명을 이끌고
왜구와 항쟁하였으니 대장의 나이 열아홉이었다

황후는 시해당하고 단발령은 내려졌으니
대장은 고종의 아관파천을 어떻게 바라봤을까

스물아홉 신 대장은 영릉의병장寧陵義兵將 기호를 내걸고
다시 일어서는데 영해·울진·원주·삼척·강릉·양양·간성
경상도와 강원도 일대가 그의 산악 격전지였다

신출귀몰 기습전을 펼치는 대장의 잰걸음 앞에
왜구는 왜구다워서 그의 아내를 볼모로 삼았으니
살아 돌아온 목숨을 향해 호통치던 대장의
울울한 목소리는 어디에 다시 메아리쳐야 할까

1908년 11월 18일 새벽은 잔인하고도 슬픈 날,
현상금을 노린 김상렬 형제의 도끼날에
태백산 파르티잔의 꽃은 졌으니 그 눌곡訥谷 마을엔
어떤 꽃이 피어 현재를 한탄하고 있을까
　　　　—「신돌석」부분

　　조태일 시인을 호출한 시인이 이번에는 구한말 의병장
이었던 신돌석을 불러낸다. 시인은 왜 백 년도 훨씬 더 지난 과거의 일을 끌어낼까. 정의와 사랑에도 역사적 계보가 있기 때문이다. 시인이 불러내는 도덕률의 계보는 니체에게처럼 부정적인 것이 아니라 칸트에게처럼 경외심을 불러일으키는 것이다. 마음속의 빛나는 도덕률은 마치 집단 무의식처럼 오랜 역사를 통해 이어져 내려온 것이다. '왜구'와 항쟁하는 신돌석과 독재에 항거하는 교육 노동자 사이엔 똑같진 않더라도 일종의 친족 유사성family resemblance이 존재한다. 신돌석은 시인의 마음속에서 빛나는 또 하나의 별이다. 시인이 신돌석에게 '의병장'이란 이름 외에 '파르티잔'이란 현대적 이름을 붙여주는 것도 바로 이런 이유 때문이다. 신돌석은 '도끼날'에 죽어 갔지만, 그의 정신은 하늘의 별처럼 계속 빛나며 가슴 속 도덕률의 계보 속에 살아 있다.

3

예술가에게 가장 큰 자원은 일상생활이다. 앙리 르페브르H. Lefebvre의 말마따나 "일상생활everyday life에 대한 더 열정적인 자각이야말로 '사상'과 '진정성' 그리고 고의적이며, 입증된 '거짓말들'의 신화들을 더 풍요롭고 더 복잡한 사상-행위thought-action의 개념으로 대체할 것이다." (약간 어렵게 들릴 수도 있지만) 여기에서 르페브르는 말

뿐인 사상이나 진정성이 일종의 거짓이고 신화일 수 있다면, 일상생활이야말로 그런 허구성과는 거리가 먼 풍요로운 사상이자 행위라고 말하고 있다.

권혁소 시인에게 핵심적인 일상생활은 교육노동자로서 학생들과 함께하는 삶이다. 양적으로만 따져도 이 시집의 절반에 해당하는 3부와 4부의 시들은 대부분 학교라는 일상생활의 현장을 소재로 하고 있다. 르페브르의 입장을 따르자면, 이 시들이야말로 권혁소 시인의 "더 풍요롭고 더 복잡한 사상–행위"의 본산이 아닐까. 40여 년의 교사 생활 끝에 이제 정년을 코앞에 둔 시인은 학교 현장에서 벌어졌던 다양한 서사들을 기억해내고, 반추하고, '성찰'한다.

내 청춘의 한때는
탄가루 촘촘히 박힌
영암운수 철암행 버스, 빈자리 많았지만
앉을 수 없었던 불편으로부터 출발한다

월급봉투가 얇기는 했지만 나는
어엿한 정규직 노동자였는데
터져 갈라진 아이의 손에
핸드크림을 발라 줄 생각은 못 하던 때였다

아직도 생생한, 설거지 냄새가 묻어 있던
언 손등이 타전하던 엄마의 부재

츄리닝이나 운동화를
뇌물로 들고 온 봉제공장 영업부장에게
상급학교 진학을 앞둔 일부 아이들을
팔아넘기기도 했는데
선생들은 그것을 입고 신고 테니스를 쳤다
저탄장을 배경으로 튀어 오르던
작고 탄탄한 연두의 비행은 늘
불편한 몇 개의 이미지를 동반했다

그 마을엔 꽃집이 없었지만
월요일의 교무실 책상에는 늘
장미 몇 송이 안개에 싸여 피었고
일요일에 황지까지 다녀온
미정이가 피워 놓은 꽃이란 건
사환 김 양의 귀띔 덕이었다

그러는 사이 몇은 자퇴를 했고
또 몇은 꾸준히 학교에 오지 않았고
예억이 그 애는 교도소 검열인이 찍힌
편지를 보내오기도 했다

답신을 보내고 싶었지만
쓸 말이 없었다

그로부터 사십 년, 나 그곳에
너무 많은 말들을 두고 왔다

뾰족하고 날카로운 말에
상처 입었을 젊은 벗들에게
이제야 무릎 꿇어 사죄한다
—「거기 두고 온 말들」 전문

전문을 인용한 것을 양해하시라. 이 시는 이 시집의 표제작이자 시인의 일상생활을 자세히 보여주고 있어서 전문을 인용하는 것이 불가피하다. 첫 연의 "탄가루 촘촘히"라는 구절로 미루어 볼 때, 이 대목에서 시인은 1985년 교사로서 첫 발령지였던 탄광촌 태백(「시인의 말」 참조)을 떠올리고 있는 듯하다. 시인은 당시에 "어엿한 정규직 노동자"로서 "터져 갈라진 아이의 손"과 "그 손등이 타전하던 엄마의 부재"에 무심했던 자신을 떠올린다. 또한 "뇌물로" 받은 "츄리닝이나 운동화를" "입고 신고 테니스를 쳤"던 "선생들"을 떠올리며 "불편한" 기억을 추스른다. 꽃집도 없는 그곳에서 멀리 "황지까지" 가서 꽃을 사다 교무실 책상에 꽂아놓던 "미정이", 자퇴하고 사라진 학생들, 교도소에 편지를 보내오던 "예억이"에게 답신을 못 했던 일 등을 떠올린다. 이런 아이들과 보낸 "사십 년"을 그는 한마디로 "너무 많은 말들을" 그곳에 "두고 왔다"고 회상한다. 출근해서 퇴근할 때까지 학생들을 말로 가르치는 것이 교사의 일인데 시인은 어찌 "너무 많은 말들"을 그곳에 두고 왔다고 할까. 시인은 "뾰족하고 날카로운 말에/ 상처 입었을 젊은 벗들"을 떠올린다. 정년을 앞둔 시인의 입에서 그 어린 학생들은 이제 "젊은 벗들"로 격상된다. 시인은 자책과 부끄러운 회상 끝에 그들에게 말한다. "이제야 무릎 꿇어 사죄한다"고. 이 시는 이 시집에서 도덕률의 가장 눈부신 정점을 보여준다.

속옷까지 배달해 주는 택배기사 그이는 현서 아빠
매달 빠지지 않고 수도 계량기를 검침해 주는,
하늘색 마티즈 그녀는 학급 반장을 했던 정이 엄마
새장가 드는 과정에 무슨 잘못 있었는지
아들딸 안부를 내게 묻는 샘터갈비 이 사장은 정태와 송이 아빠
갈 때마다 담금술 한잔 꼭 따르러 온다

밤에는 아이들을 지키고 낮에는 사과나무를 지키는
기숙사 사감은 수현이 아빠

냇강마을에서 막국수 내리는 하늘마당 원희 씨는
예현 예진 예랑이 아빠

어제는 선현이 아빠가
인제산 구절초, 백일홍, 천일홍, 마편초, 촛불맨드라미 등등을
한 차 가득 싣고 왔다

산골에서 선생으로 산다는 것은
속옷 상표를 보여 주는 것
물을 얼마나 썼는지 들키는 것
막국수를 좋아한다고 고백하는 것, 아니아니
공짜를 좋아해서 대머리가 됐다는 것을
실체로 보여 주는 것
—「산골 선생」 전문

이 작품은 일상생활의 시적 기록이 왜 가장 풍요로운 진정성을 갖는지 잘 보여준다. 이 시는 그 자체 구체적인 경험이 없이는 도저히 재현할 수 없는 삶의 아름다운 모자이크를 그리고 있다. 다양한 관계의 다양한 주체들이 모여 산골 학교의 일상생활을 이룬다. 이것의 특징은 그곳에 사는 사람들 사이의 거리가 매우 가깝다는 것이다. 그들은 마치 모자이크의 파편들처럼 서로 어깨를 맞대고 있다. 그곳의 '산골 선생'도 체면 따위를 미처 차릴 겨를

도 없이 그곳의 다중에게 노출되어 있다. 꾸밈이나 가식이라곤 찾아볼 수 없는 산골 선생의 이 소박한 모습이야말로 정이 넘치는 공동체에서나 볼 수 있는 아름다운 풍경 아닌가. 이 시는 들꽃처럼 범박하지만 언제든 아름다운 별의 지위에 오를 수 있는 삶의 모습을 따뜻하게 던져 준다.

누구나 가슴속에 별 하나쯤은 키우고 산다. 하늘의 별에 버금가는 마음속의 별을 무엇이라 부르건 간에, 주체의 내부를 환히 밝히는 그것 없이 인간의 삶은 경외의 대상이 될 수 없다. 권혁소는 이 시집에서 작고, 무력하고, 낮지만, 하늘의 별처럼 신성한 존재들의 편에 서서 살아온 사십여 년의 세월을 반추하고 있다. 사랑이 큰 자만이 사랑의 결핍을 안다. "젊은 벗들"에게 "무릎 꿇어 사죄하는" 한 "산골 선생"의 모습에서 또 하나 아름다운 별이 떠오른다. 끝

달아실시선 80

거기 두고 온 말들

1판 1쇄 발행	2024년 7월 19일
1판 2쇄 발행	2024년 8월 31일

지은이	권혁소
발행인	윤미소
발행처	(주)달아실출판사

책임편집	박제영
기획위원	박정대, 이홍섭, 전윤호
편집위원	김선순, 이나래
디자인	전부다
법률자문	김용진, 이종진

주소	강원도 춘천시 춘천로 257, 2층
전화	033-241-7661
팩스	033-241-7662
이메일	dalasilmoongo@naver.com
출판등록	2016년 12월 30일 제494호

ⓒ 권혁소, 2024
ISBN 979-11-7207-020-5 03810